© 2016, Editorial Corimbo por la edición en español
Av. Pla del Vent 56, 08970 Sant Joan Despí (Barcelona)
corimbo@corimbo.es
www.corimbo.es

Traducción al español Ana Galán
1ª edición marzo 2016

Edición original "Biroudo no Usagi"
publicado en japones por Bronze Publishing Inc.
Copyright © 2007 Komako Sakai
Publicado con el acuerdo de Bronze Publishing Inc. Tokyo

Impreso en Malasia
Depósito legal: DL B 24794-2015
ISBN: 978-84-8470-533-8

El conejo de peluche

Una historia de Margery Williams

Adaptada e ilustrada por Komako Sakai

Había una vez un conejo de peluche.
Al principio, tan gordito y rechoncho
con las orejas forradas de satén rosa,
era realmente formidable. Aquella
mañana de Navidad tenía un aspecto
encantador, dentro del calcetín con una
ramita de acebo entre las patas.
El niño lo quiso mucho durante al menos
dos horas; lo acarició, lo abrazó y habló
con él. Después llegaron sus tíos y tías
a cenar y, con la emoción de abrir los
regalos, se olvidó del conejo de peluche.

Durante mucho tiempo vivió en el armario de los
juguetes del cuarto de los niños. En ese cuarto había
muchos más juguetes.

Los juguetes más caros y los que tenían cuerda presumían y decían «¡Yo sí que soy real! ¡Yo soy mucho más real que tú!». Y se metían con el conejo de peluche porque solo era de peluche. El conejo se sentía insignificante y vulgar, y solía sentarse solo en una esquina de la habitación.

La única persona que era amable con el pequeño conejo era el caballo de cartón. El caballo de cartón vivía en el cuarto de los niños desde hacía mucho más tiempo que cualquier otro juguete. Era un caballo muy viejo y tenía una mirada muy inteligente.

—¿Qué quiere decir «REAL»? —le preguntó un día el conejo—. ¿Quiere decir que tienes algo dentro que hace ruido o que te pueden dar cuerda?

—Ser «real» no tiene nada que ver con cómo estás hecho —dijo el caballo de cartón—. Es algo que te pasa. Cuando un niño te quiere durante mucho, muchísimo tiempo, y no solo juega contigo, sino que de verdad te quiere, entonces te vuelves «real». Cuando consigues ser «real», normalmente ya estás viejo y muy gastado. A ti también te podría pasar. A veces en el cuarto de los niños pasan cosas mágicas.

En el cuarto de los niños había una persona llamada Nana
que era la que mandaba. A veces no le importaba que
hubiera juguetes tirados por el suelo, pero otras veces, sin
ninguna razón aparente, se ponía a recogerlo todo y a los
juguetes no les gustaba nada.

Una noche, cuando el niño se iba a acostar, no podía encontrar el
perro de felpa con el que siempre dormía. Nana pensó que eso
iba a darle problemas, así que buscó a su alrededor y agarró lo
primero que encontró.

—Toma —dijo—. ¡Aquí tienes tu conejo de peluche! ¡Te ayudará
a dormir!

Y se lo puso al niño en los brazos.

Esa noche y muchas noches más, el conejo de peluche durmió en la cama del niño. Al principio le resultaba muy incómodo porque el niño lo abrazaba demasiado fuerte. Además echaba de menos al caballo de cartón, que seguía en el cuarto de los juguetes.

Pero pronto empezó a gustarle porque el niño solía hablar con él
y le construía túneles debajo de las sábanas, y decía que eran
madrigueras donde vivían los conejos de verdad. Juntos y entre
susurros, se lo pasaban genial. Cuando el niño se quedaba
dormido, el conejo se acurrucaba bajo su cálida barbilla y soñaba.

Llegó la primavera y los dos empezaron a pasar los largos días en
el jardín, ya que, adonde fuera el niño, el conejo iba también.
El niño le daba paseos en carretilla, merendaban juntos en la
hierba y le construía madrigueras bajo las cañas de frambuesa.

El pequeño conejo era tan feliz que ni siquiera se dio cuenta de que
su precioso pelaje de peluche estaba cada vez más gastado.

Un día, llamaron de pronto al niño y este dejó al conejo tirado en la hierba hasta bien entrada la noche. Nana tuvo que salir a buscarlo con una vela.

—¡Qué pesadez con este viejo conejo! No entiendo por qué no puede dormir sin él.

Nana gruñó y frotó el conejo con una esquina de su delantal.

—¡Siempre estás con este viejo conejo! —dijo—. ¡Tanto lloriqueo por un simple juguete!

—¡Dame mi conejo! —dijo el niño–. Y no digas eso. No es un juguete. ¡Es REAL!

Esa noche, el conejo se sintió tan feliz que no podía dormir.

—Ya no soy un juguete. Soy REAL.

¡Ese verano fue fantástico! Cerca de la casa donde vivían había
un bosque y, durante las largas tardes, al niño le gustaba ir allí
a jugar con el conejo de peluche. Antes de ir a recoger flores o
jugar a los ladrones entre los árboles, el niño siempre le hacía un
pequeño nido al conejo entre los helechos.

Una tarde, cuando estaba allí solo, el conejo vio dos extrañas criaturas que salían entre unos helechos altos que había cerca. Eran conejos, igual que él, pero debían de estar muy bien fabricados porque no se les veían las costuras y, al moverse, cambiaban de forma de una manera extraña. El conejo de peluche los observó con atención para ver en qué lado tenían la cuerda.

—¿Por qué no te levantas y vienes a jugar con nosotros? —preguntó uno de ellos.

—No me apetece —dijo el conejo, porque no quería explicarles que él no tenía cuerda.

—¡Ja! Es muy fácil —dijo el conejo peludo saltando hacia un lado.

—¡Yo también puedo hacer eso! —dijo el pequeño conejo—.
¡Puedo saltar más alto que nadie! —En realidad se refería
a cuando el niño lo lanzaba por el aire—. Pero no quiero
hacerlo —repitió.

Los extraños conejos empezaron a bailar y saltar a su alrededor.

—Enséñanos cómo bailas. ¿Puedes saltar con las patas de atrás?

El conejo de peluche estaba a punto de llorar. Hubiera dado
cualquier cosa por poder saltar como lo hacían aquellos conejos.
El extraño conejo dejó de bailar y se acercó a él.

—¡No huele normal! —exclamó—. No es un conejo. No es real.

—¡Sí soy real! —dijo el pequeño conejo de peluche—. ¡Soy real!
¡Me lo ha dicho el niño!

Justo entonces se oyeron unas pisadas y los dos extraños conejos
desaparecieron.

—¡Volved y jugad conmigo! —los llamó el pequeño conejo—. ¡Soy real!
Pero no volvieron.

Con el paso del tiempo, el pequeño conejo ya estaba viejo y muy gastado, pero el niño le seguía queriendo tanto como antes. El conejo incluso empezó a perder su forma y ya casi ni parecía un conejo, aunque para el niño sí. Para él seguía siendo precioso, y eso era lo único que le importaba al pequeño conejo.

La magia del cuarto de los juguetes había hecho
que fuera real y cuando eres real no importa que
estés gastado.

Entonces, un día, el niño se puso enfermo. Tenía mucha
fiebre y tuvo que guardar cama. Unas personas muy
extrañas salían y entraban de su cuarto y dejaron una
vela encendida toda la noche. El pequeño conejo de
peluche se quedó allí, escondido entre las sábanas, y no se
movió porque temía que si lo encontraban se lo llevarían.
Cuando todas las personas extrañas se fueron, el conejo se
arrastró hasta la oreja del niño y le susurró al oído todos
los planes increíbles que había planeado: iban a ir al jardín
con las flores y las mariposas y jugarían juegos divertidos
entre las frambuesas como en los viejos tiempos.

Pasó mucho tiempo hasta que al niño
le bajó la fiebre y mejoró.

Era una mañana brillante y soleada y las ventanas
   estaban abiertas de par en par. El niño estaba asomado
   al balcón. Al día siguiente se iba al mar.

"¡Genial! —pensó el pequeño conejo—. ¡Mañana iremos
   a la playa!

El niño le había hablado mucho del mar y el conejo
   estaba deseando ver las olas y los pequeños cangrejos.
   Pero justo entonces, el pequeño conejo oyó una
   conversación entre el doctor y Nana.

—Hay que desinfectar la habitación y quemar todos los
   libros y los juguetes con los que haya jugado el niño
   —dijo el doctor.

—¿Y este viejo conejo? —preguntó Nana.

—¡Claro! No es más que un saco de gérmenes de la
   escarlatina. Quémelo y cómprele uno nuevo.

El conejo de peluche nunca hubiera imaginado que iba a
   acabar así. Al día siguiente iban a quemarlo, pero el niño
   estaba demasiado nervioso para preocuparse por eso. Al día
   siguiente iría al mar, y eso le parecía tan emocionante que
   no podía pensar en otra cosa. El pequeño conejo tembló
   un poco y se asomó desde el saco donde lo habían metido.
   Vio cerca las cañas de frambuesas que crecían muy altas y
   parecían una jungla tropical, donde había jugado entre sus
   sombras tantas veces con el niño.
"Qué felices éramos", pensó el conejo. ¿De qué servía que
   le quisieran y que fuera real si al final iba a terminar así?
   Entonces, una lágrima, una lágrima real, bajó por su gastada
   nariz de peluche y cayó al suelo.

Entonces pasó algo muy extraño. Justo en el lugar
   donde cayó su lágrima, creció una flor misteriosa
   que no se parecía a ninguna otra flor del jardín.
   Se abrió un capullo y salió un hada.
—Pequeño conejo —dijo—, ¿no sabes quién soy?
El pequeño conejo estaba tan sorprendido que se
   olvidó de que estaba llorando y se quedó quieto,
   observándola.
—Soy el hada de la habitación de los niños. Yo velo
   por todos los juguetes que han querido. Aparezco
   cuando están viejos y gastados y los niños ya no
   los necesitan, y entonces me los llevo y hago que
   sean reales.

—¿Es que yo, antes no era real? —preguntó el pequeño conejo.

—Eras real para el niño —dijo el hada— porque él te quería. Ahora vas a ser real para todos.

—Besó al pequeño conejo en su nariz de peluche—. Ahora, por fin eres real —dijo el hada.

Pasó el otoño y el invierno, y en primavera, cuando los días se volvieron cálidos y soleados, el niño salió a jugar al bosque que había detrás de su casa. Mientras jugaba, aparecieron dos conejos entre los helechos y le miraron.

—¡Oye! ¡Ese conejo se parece al conejo de peluche que perdí cuando tuve la escarlatina!